KB133275

가을 품에 안김

가을 품에 안김

조남순 신앙 시집

시·그림 **조남순**

기쁨 기도 감사

기뻐합니다
날마다 기뻐합니다
영적인 거룩한 것과 세속적인 것을
조화시키시는 하나님은
일상적인 나의 삶을 아뢸 때
매우 기뻐하시기 때문입니다

기도합니다
날마다 쉬지 않고 기도합니다
말씀 순종의 삶을 살도록
훈련시키시는 하나님은
우리가 진리를 알게 되어
진정한 자유를 누리게 하십니다

감사합니다
범사에 감사합니다
가장 어려운 길을 만날 때
하나님은 가장 선한 길로 가게 하십니다
위험할 때에는
그에 따른 완전한 능력을 주시는
사랑의 하나님이십니다.

차례

깊은 관계예요   010

기쁨 기도 감사   012

양 치는 목자에게 전한 아기 예수 탄생   014

오랫동안 나는   016

아침 기도   019

하나님이 햇빛을   020

가을 품에 안김   022

머리 숙이면 감사가 떠올라요   025

어느 긴 여름날에   026

지난 그 많은 날들은   028

그곳에서 반짝이게 하소서   030

이제 난 알아요   032

신바람 나네   035

나무 잎새와 바람과 햇살   036

범사에 감사함   038

이제 잘 알아요   040

이 세상만이라면   043

가을의 기도   044

나목과 함께   046

내 온갖 판단의 짐조차   048

팔순에 맞는 봄날   051

뒤늦은 고백 052

하나님의 품속 055

억새꽃 056

거듭 소생하는 큰 나무 058

인술과 무소유로 생애를 살다 가신 장기려 박사님 062

행복한 고백 066

나는 아무것도 아님을 알아요 068

시편 23편 변주 070

달리다굼 072

헌사

마음에 꽃잎 날아 화려한 봄날이라 홍석진 · 078

영원의 회랑에 울려 퍼질 영혼의 교향곡 황태웅 · 080

어머니의 소원, 신·앙·시·집· 황승아 · 082

사랑하는 울 엄마, 나의 어머니! 황시내 · 084

시어머님의 신앙시를 읽고 하유나 · 086

시인 장모님의 신앙 시집 출간에 부쳐 이성근 · 088

그가 나를 단련하신 후 정금같이 나오리라! 박충기 · 090

자연과 책과 하나님을 사랑한 순결한 영혼 이중주 · 092

이 시집으로 할머니의 삶을 마주합니다 이희주 · 094

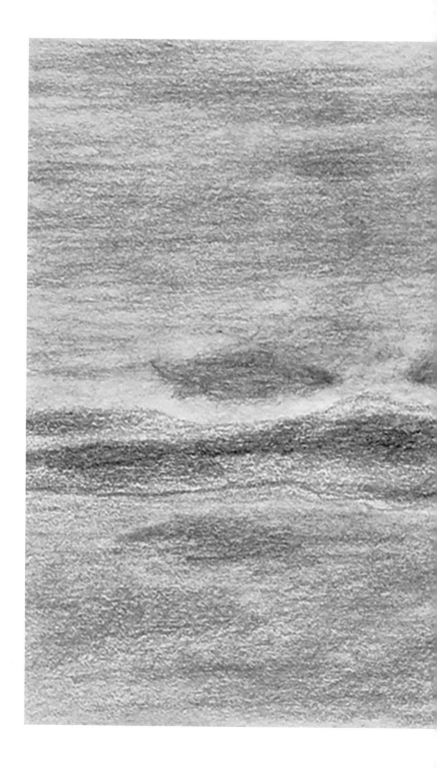

깊은 관계예요

하나님은 농부

예수님은 포도나무

우리는 가지

떨어질 수 없는

깊은 관계예요

가지인 우리가 좋은 열매를 맺기 위해

하나님이 가지치기를 하십니다

불필요한 것, 잎만 무성한 것,

열매 맺지 못하는 가지는

사정없이 도려냅니다

가지는 항상 나무에 붙어 있어야

생명력이 유지되지요

예수님이 우리와 함께 계셔서

하나님을 사모하며

예수님 말씀을 우리는 항상 순종하는

삶을 살아갈 것입니다

예수님은

너희가 서로 사랑하면

내 제자임을 알게 될 것이다

라고 하셨습니다

우리는 많은 열매를 맺어

예수님의 제자로 살 수 있기를 원합니다

하나님은 참된 축복인 기쁨을 주시며

하나님과 예수님은 우리의 친구가 되십니다

기쁨 기도 감사

기뻐합니다

날마다 기뻐합니다

영적인 거룩한 것과 세속적인 것을

조화시키시는 하나님은

일상적인 나의 삶을 아뢸 때

매우 기뻐하시기 때문입니다

기도합니다

날마다 쉬지 않고 기도합니다

말씀 순종의 삶을 살도록

훈련시키시는 하나님은

우리가 진리를 알게 되어

진정한 자유를 누리게 하십니다

감사합니다

범사에 감사합니다

가장 어려운 길을 만날 때

하나님은 가장 선한 길로 가게 하십니다

위험할 때에는

그에 따른 완전한 능력을 주시는

사랑의 하나님이십니다

양 치는 목자에게 전한 아기 예수 탄생

그 옛날 캄캄한 밤

양 치는 목자에게 전해진

아기 예수 나심의 기쁜 소식

이 시대 혼탁하고 암울한 사회에도

공의와 평화의 성탄절은 찾아왔는데

양 떼를 두고 베들레헴 구유에 누인

아기를 찾은 목자들같이

보이는 것의 욕망에서 벗어나

보이지 않는 기쁨을 찾아

아기 예수를 맞이할 이 누구인가

해마다 성탄절이 오면

선물을 주고받으며 즐거움을 나누는데

오늘 우리 삶 속에 가장 좋은

선물은 무엇인가

산타클로스의 썰매에 가득 실은

보이는 선물이기보다

가장 낮게 엎드려 기도하는 자에게

마음 가득히 넘치게 주시는

생명과 평화의 선물인

아기 예수 나심의 그 기쁨 아니겠는가

그 성탄절에 좋은 선물 받을 자

누구인가, 누구인가

오랫동안 나는

오랫동안 믿음을 가진 나는
자아의식의 철창에 갇혀
숨 돌릴 틈 하나 없어
길 없는 바닥에
엎드렸을 때
넌, 한 영혼을 진정 용서해 본 적 있니?
주님 음성이 내 심중을 울렸습니다
뒤통수 한 번 쾅 맞은 듯
내 가슴 통째 와르르 무너지던
그날 밤
목이 메어 참회의 울음을
다 울 수 없었습니다

엎드린 채 흐느끼며 끝없는 눈물로
밤을 새웠습니다

새날이 밝았습니다
그때 제 앞에는
눈부신 햇살 아래
평화와 자유의 물결 따라
아름다운 강물이
흐르고 있었습니다
주님이 베푸시는
영원한 사랑과 생명의 힘에
내 영혼이 가득 충전되었습니다

그리고 세상은
다시 검은 구름 몰려오고
비바람 치고
그러나
주님이 꼭 잡아주신 손길과 일러주신 말씀
번개와 벼락이

네 삶을 송두리째 흔들어도
기도와 인내를 끝까지 멈추지 말아라
속삭이며 함께 계셨습니다

이 길에는
마더 테레사의
"내가 아무것도 아님을 깨닫는 것,
굴욕을 받아들이는 것,
이것이 주님과 하나 되는
확실한 길입니다"
라는 이정표도 있었습니다

이 길은
다시 황사가 가득한 광야를
홀로 가야 하는
침묵의 길이어도
주님이 한발 앞서가시는 길이기에
토닥토닥 발걸음마다
은혜와 감사가 고이는 길
순간에서 영원으로 이어지는 길입니다

아침기도

매일 대하는 아침 식탁 앞에서

한없이 경건해지는 마음

수많은 오늘이 가고 또 새로운 오늘

구름이 엷게 끼었거나

밝은 태양이 눈부시거나

혹은 비가 주르륵 내리거나

새로운 오늘을 주심에 대해

일상에 쌓인 지식과 상식에서 벗어나

새 손님 맞는 듯 설레는 기쁨

어떤 현실에도

주님께서 베푸실 그 은혜를

충만하게 누려

겸손해지기를 기도 드립니다

하나님은 햇빛을 내려 주십니다

매일 다른 햇빛

어젠 눈부신 햇빛

오늘은 어깨를 감싸듯

포근한 햇빛

가끔 속삭이는 햇빛도 주십니다

나무 그늘 사이로 흩뿌리는

빛의 작은 날개 속에 끼워

잔잔히 이르시는 말씀

아직 좀 더 낮아지렴

들이쉬는 숨결 속으로

깊숙이 퍼져 옵니다

살포시 붉어지는 볼 가라앉고

마음속 은총의 강물이 흘렀습니다

수면에 영롱한 빛이

톡톡톡 튀어 올랐습니다.

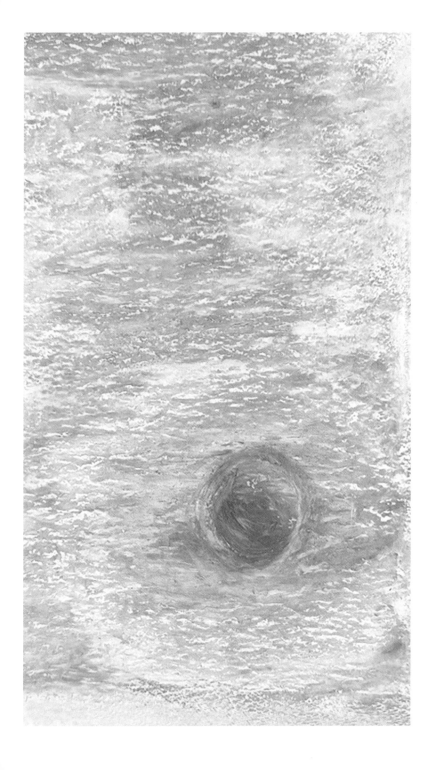

가을 품에 안김

마음껏 흔들리면서
흔들림의 자유를 맛보면서
그 어떤 매임도 내려놓고
망각하면서
가을의 넓은 품에 안긴다

누구나 온몸을 기대면
헐렁한 팔소매로 이마를 쓸어 주며
각각의 색깔로 단풍 들어라 한다
지금 하고 싶은 대로
손 흔들며 걸어라 한다
가을 품에 안겨 후하— 튀어나오는
나무들의 흥얼거림
통째 가을 안겨주신 하나님
드높은 가을 하늘같이 품어 주시는
하나님의 무한한 은혜

　　기도하기 위해 두 손 모아 머리 숙이면 온몸으로 감사가 떠올라요. 긴 세월 살아온 지난날의 하루하루가 결국 오늘의 감사를 안겨 주었어요. 오만함과 자기 중심, 절망 등이 삶을 지배하며 자신을 구속시키고 그 올가미에서 벗어날 길을 찾지 못했을 때 주님이 저의 막힌 가슴 뚫어 깨달음과 회개의 눈물을 쏟아내게 하셨습니다. 그때부터 점점 강도 높은 어려운 상황 속에서 훈련시키시는 주님은 인내를 가질 수 있도록 최고의 선이신 주님만 바라보게 하셨습니다. 마침내 삶을 주님께 맡기므로 위대해지기를 위함보다 멸시와 배척도 감수할 수 있기를 원했습니다. 두 손 꼭 쥐고 눈 감으면 주님이 주신 은혜가 온몸에 감사로 새롭게 떠오릅니다.

어느 긴 여름날에

말씀이 문득
머리에 떠올라 마음속으로
다시 몸에 배어들어
솔바람처럼
신선해집니다
지난날 가파른 삶의
순간순간이
오랜 세월 속에서
지금 새로운 맥박으로
살아나와
아기가 첫걸음마를 떼듯이
소망의 힘찬 걸음을
떼게 합니다.

― 지난 그 많은 날들은

그땐 불안뿐이었어요
갈등뿐이었어요
의혹뿐이었어요

그땐 눈부신 햇빛과
막 빨아 넌 듯한 흰 구름과
부드럽게 맴도는 바람결
오월에 푸른 새잎들의 싱그런 함성도
아무 의미를 건네주지 못했어요
나를 에워싼 세상이
허물 수 없이 겹겹이 쌓인
담벼락일 뿐

그러한 날들이
수많은 뒤척임의 순간으로
숨이 막혀 올 때
문밖에서 기다리신 주님께서
저를 부르시고
마음의 숨 터 주셨습니다

지나간 그 많은 날들 속에서
알지 못했던
새로운 생명의 길
이젠 다시 헤매지 않아도 될
새길을 터 주셨습니다
그 길은
끝 모를 돌짝밭이어도
안개 자욱한 벌판이어도
마침내 갈 수 있는 길이 되었습니다
주님이 바로 옆에서 함께하시는 길임을 알기에
감사와 기쁨이 샘솟는
내 길이 되었습니다

그곳에서 반짝이게 하소서

하늘에 별이 반짝이듯

땅 위에 반짝이는 건

영혼의 불 밝히는

기도가 아닐런지요

여호와여

늘 헤아려 주시고 찾으시는

저희 기도의 불씨가

그곳에 반짝이게 하소서

감사와 정성의 기름 가득 채워

매일 불씨가 살아 있게 하소서

이 땅에 먹구름이 덮이고

사나운 회오리가 불어

가슴엔 작은 등불 대신

불평과 원망의 불꽃이

타오르고 있음은

여호와를 향한 길에서 멀어진

위태한 신호임을

깨닫게 하소서

우리 불행은
분노의 날카로운 가시로
먼저 자신을 찌르고
가까운 사람을 해치는 일

여호와여
저희 기도의 등불은
항상 자신을 돌아보는
참회와 평화의
불빛이게 하소서

이제 난 알아요

내 삶 속에 스며 있던 그 어떤 간절함도

순간으로 지워지고 다시 일어서는

파도와 같은 세상 속의 우리들 삶

그 속에서 사랑의 눈빛으로

지켜주시는 주님

스스로 연약함을 알아

주님께 간구하는 자에게

손잡고 이끌어 주심을

이제 난 알아요

마침내 자신을 다 맡기고

말씀 순종하고 나아가는 길

신바람 나네

따스한 봄날

나뭇가지마다 새싹이 자라

파랗게 나풀거리는 어린잎 반기며

상큼한 어린 바람들 찾아와

살랑살랑 고개 흔들며

함께 춤판 벌이네

신명 나서 그칠 줄 모르네

잎 큰 나무들과 투명한 햇살도

즐거워 장단을 맞추고

그 친구들 한판 즐거움에

내 어깨도 으쓱으쓱 신바람 나네

나무 잎새와 바람과 햇살

나이 들어 혼자 살아도

외롭지 않아요

창가에 앉아 있으면

낯익은 친구 밖에서 나무 잎새와

살짝 눈 마주치다

바람이 살랑 스치면

셋이서 종알대다

내 곁에 들어와

따뜻한 손길 내미는 친구

부드러운 햇살

다소곳이 앉아 있다

편하게 드러눕기도 해요

잠시 지나

내일 다시 올게

슬며시 떠나는

나의 오랜 친구

범사에 감사함

오늘은
왼쪽 무릎 누군가 큰 손으로 감싸주는 듯
걸음이 가볍습니다
오월 햇빛이 나무마다 다른 색깔로
꽃을 뿌려 놓았군요
숲속을 흔들고 지나 다시 돌아오는
바람결은 얼마나 정다운지요
잎새들의 생기 나는 푸르름만큼
나의 호흡도 상큼하기 그지없습니다

슬픔이나 고통과 분노는
회오리처럼 결국 지나가고
긴장과 고뇌의 주변에서
묵묵히 흐르는
시간의 숨소리 들으며
주님의 뜻이 내 삶 속에
이루어지기를 기도합니다
어느새

내 안에 샘솟는 감사와

평화의 강물이

고요히 흐르고 또 흐릅니다

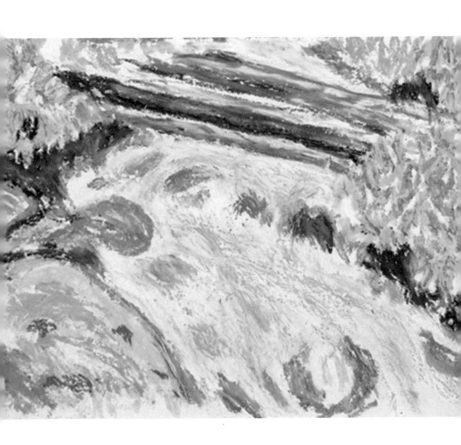

이제 잘 알아요

저는 결국 홀로 아무것도 할 수 없음을 알아요

주님 놀라운 은혜 속에

섬세하고도 팽팽하게

생기 머금은

내일을 주실 것을

오늘 믿고 살아가면

아픔과 절망이 머물던

마음 자락에

속삭이듯 따뜻한

주님의 위로가

스며들어요

제 생각은 아무것도 아님을 알아요

한 점 바람보다 더 무력함을 알아요

제 안에 계산된 갇힌 생각들

얼마나 어리석은지 알아요

항상 단순하게

앞서 행하시는 주님 향해

제 발걸음을 빠르게 반응함이

내가 가야 할 길임을

이제 잘 알아요

이 세상만이라면

아아, 지푸라기

목숨이 삶이

젊음의 시간이

저녁놀의 황홀한 마지막 욕망이

그 많은 이들의 갈망과

그리고 사유의 밤이

다시 절망과 의혹의 새벽이

누군가의 옆얼굴에

스친 머리카락처럼

가볍고 쓸쓸한

높은 하늘에 흰 구름 떠가고

어느덧 기우는

깊은 가을 햇살일 뿐

가을의 기도

이 가을에 작은 풀씨 하나 영글어
거둘 수 있게 하소서
황폐한 들판에
손에 잡히는 것이라곤
서걱이는 빈 바람뿐입니다

왁자지껄하던 장터에
마지막 남은
한 조각의 햇볕
파장과 함께 떠나고
빈 땅에 풀씨 하나
고요 속에 잠기고
한 아름 믿음이 영글어
다시 돌아오는 봄날
가슴에서
영롱하게 꽃 피어나
뜨거운 감사의 눈물
샘솟게 하소서

나목과 함께

붉고 노랗게 단풍 들었던 잎새들을

남김없이 바닥에 털어 내린

나목은

수많은 발에 밟힌 낙엽조차

바람에 산산이 흩어져 사라진

추운 겨울날에

하늘을 향해 빈 가지를 뻗고

정중히 서 있습니다

보이지 않는 생명의 뿌리 더욱 깊이 묻고

나뭇가지에 박힌 생명의 씨눈은

하늘을 향해 깊은 숨을

들이마시고 내쉽니다

긴 장마와 폭염과 태풍을 겪은

고통과 절망과 갈등 모든 것

하늘에 맡기므로

방해를 받지 않는 참된 자유를 누리며

믿음을 뿌리내려

평화를 찾은 나목을 바라보며

나는

가장 관계 깊은 친구로 삼아

겨울을 함께 살았습니다

내 온갖 판단의 짐조차

주님은

제가

분노와 증오가 일어나

눈물 마르지 않았을 때

조용히 지켜보시며

그 짐일랑 내려놓고

내게 맡기렴

타일렀습니다

그때 내 귀는 너무 멀어 들을 수 없었고

마음은 하염없이 방황하는 동안

주님께서 주신

그 단순하고 명쾌한 말씀의 선물을

비로소 믿음의 아름다운 그릇에 담기까지

얼마나 오랜 시간이 흘렀는지

지루한 꿈속 같지만

결국 내 온갖 판단의 짐조차

주님께 바로 맡길 수밖에 없음을

알게 하셨습니다

그다음부터

내 마음 중심에 감사의 샘이 솟아났습니다

아아, 마침내

아무도 뺏을 수 없는 평안이

내 마음 가득 차올랐습니다

팔순에 맞는 봄날

눈부시게

활짝 핀 꽃

개나리, 벚꽃, 배꽃

바라보았을 때

꽃들은

나보다 훨씬 먼저

환한 눈빛으로

나를 반기며

나의 살갗을 쓰다듬어

내 마음 한 자락

고운 꽃잎 되어

가볍게 날아

천천히 함께 맴도는

화려한 봄날

주님은 내가 분노하며 참지 못할 때

인내심을 돕기 위해

가까이 오셨습니다

남을 비판하려 할 때 주님은

"네가 할 일이 아니란다" 하시며

내 마음속에 오셨습니다

주변 많은 사람 속에서

겨울바람에 마른 풀잎 서걱이듯

더욱 고독해질 때

주님은 내 곁에 함께 계셨습니다

하나님의 품속

새 둥지를 겨울 나목이 품고 있는
그 주변에 펼쳐진
붉은 노을 속
따사로운 풍경

포근한 고요와
황홀한 설레임과
하늘의 별과 땅속 씨앗들의
속삭임이 나를 감싸
진정한 자유의 싹을 틔우는
하나님의 품속 같아

억새꽃

억새꽃이 반기며 손짓하면

솔바람과 푸른 하늘이

가까이 달려와 악수 나눕니다

오랜만에 만나

억새꽃 하늘 보고

수화로 이야기를 풀어냅니다

지나던 햇님도

환하게 웃으며

잠시 머물러

억새꽃 둘러싸고

한바탕 얘기꽃 피웠습니다

— 거듭 소생하는 큰 나무

소양은
말씀의 햇빛과 보혈의 수액을 받아
깊이 뿌리내린
청청한 신앙의 큰 나무였습니다
그 무성한 잎에서
뿜어져 나오는
길과 진리와 생명의 선포는
어둡게 닫힌 사회와
갈급한 영혼에
신선하게 샘솟는
함성이 되었습니다
나무의 팔을 더 넓게 펼칠수록
그늘은 더 생기가 넘쳤습니다

그때 일제의 탄압이 극한에 이르는
신사참배호 태풍이 불어닥쳤습니다
강압과 구속의 회오리가 불면서
모든 교파가 무참히 굴복되었습니다
그러나

소양은

주님 지신 십자가 바라보며

일사 각오로 천왕 숭배에

결코 무릎 꿇을 수 없었습니다

다섯 차례 검속과

옥중 생활의 7년 동안

노모와 처와 어린 자식 앞에서

온갖 고문과 회유와

가난의 뼈아픈 고통당하며

동지들은 혹독한 고난에

하나둘 마음 돌리고

담임 목사직 해임과

노회에서 목사직 파면과

견딜 수 없는 박해에

오직 주님께 영혼을 맡기고

육체인 그 푸르렀던 나무는

그 길고 긴 기간에

찢기고 상하여

남김없이 내주고 돌아갔습니다

순교한 지 76년
어떤 혼돈의 시대에도
길 잃지 않을 한 줄기 빛으로
발등을 환히 비춰 줍니다
오직 주님 사랑과 신실한 신앙의 정절로
마음속을 뜨겁게 달궈 줍니다
힘들고 지쳐 포기하고 싶을 때
주님 손 놓지 말고 끝까지 인내하라
깊이 일러 줍니다
소양은
지금과 가고 오는 세대에
거듭 소생하여
더욱 더 큰 나무로
우리 곁에 서 있습니다

— 소양蘇羊 : 주기철(朱基徹, 1897~1944) 목사님 호

세상살이에

고통과 갈등과 방황 등에 갇혀

헤매는 우리네 삶은

허약함과 부끄러움일 뿐이었습니다

그분 앞에선

험상한 태풍과

간교한 회오리와 같은 세상살이에

거친 옹이 하나 없어 뵈는 그분의 심성은

만년萬年 꽃샘추위에 피어나는

봄 순이었을까요

팔십여 성상 가파른 파도의 세월을

맑고 천진스러운 삶으로

포용하셨습니다

간 질환 분야의 수술로 이름 높은 명의로서

평생 몰려드는 환자를 치료하는 일

그러나 낫게 하는 일은

창조주님이 하신 일이라며

투명한 목소리만큼 무소유였던 그분

사랑하는 처자식을 북녘에 두고

아들 한 명과 남한에 내려와

마음속으로

온 가족이 함께 살았노라고

아들 키우며 홀로 사신 분

막사이사이 봉사상과

어떤 찬사도

그분 앞에선

거추장스런 소유에 불과했지요

고혈압, 당뇨병으로 부축받으며

환자가 환자를 진료해 주시던 그분의 만년晩年

(어떤 환자는 그분의 얼굴만 봐도 나은 것 같다고 했음)

1995년 12월 25일

그가 닮기 원했던 예수님 탄생하신 날

고요한 새벽 평화를 안고 눈을 감으셨습니다

그리고 성탄절은

그분을 생각하는 모든 이의 마음속에

다시 살아나신 듯

신비한 날이 되었습니다.

— 1996년 1월 장기려 박사님(1911~1995)의 임종 소식을 접하고
   그분의 생애를 생각하며 쓴 시

행복한 고백

주님은
꽃 피어나듯 새소리가 피어오르는
아름다운 봄날 아침
함께 계십니다
갓난아이 첫울음 같은
새 초록 잎의 벅찬 생동감 속에
함께 계십니다

한여름 뜨거운 태양 아래
멀고 막막한 길 답답한 숨 내쉴 때도
늦가을 저녁노을 진 들판
잎새 모두 떠나보낸
검은 나무의 고독 속에서도
제 손 잡고 계십니다

추운 겨울 날 선 칼바람과 꽁꽁 얼어붙은
혹한의 공포 속에서
주님은 저를 품고 계십니다

보잘것없이 촐랑대고 불만 가득한 저를

생명의 씨앗으로 결코 손에서

놓지 않으셨음을

아주 늦게야 알았을 때

주님은

저에게 맞는 새잎과 꽃을 피우시고

잘 영근 열매 맺기 위해

그동안 삶 속에서 잠시도 떠나시지 않고

저를 보살피고 계셨습니다

지금 세상에서 입는 어떤 상처도

주님이 먼저 알고 계시기에

인내의 약속이 떠오릅니다

이윽고 행복한 감사가 마음에 고입니다

결국 내가 할 수 있는 것은 아무것도

없음을 알았어요

내 마음속에 가득 찬

오만과 편견, 원망과 의혹 등

무거운 감정의 짐꾼으로 세월을 보내는 동안

측은히 바라보시는 주님이 계심을

알지 못했어요

결국 스스로 지쳐 쓰러졌을 때

영영 해결의 끝이 보이지 않았을 때

주님이 손 내밀어 일으키시며

무거운 짐 내려놓고

네 삶을 내게 맡겨라

그 말씀이

비로소 마음 중심에 깊이 박혔습니다

마침내

가장 따뜻하고 포근한 안식을

처음 찾았을 때

나는 비로소

감사가 솟아남을 알았어요

지난날 고통과 실의의 시간도

지금 광야와 같은 이 상황에도

세심한 손길로 돕는 주님이 계심을 알아요

우리 각자가 주님 선한 뜻에

스스로 참여하기까지

인내하며 손잡아 주시는 일

그치지 않으심을 알아요

한결같은 그 사랑에

뜨거운 눈물 솟아올라요

이제 감히 할 수 있는 것은

감사하는 일이에요

어떤 어려운 현실에도

이제 난 감사를 찾을 수 있어요

주님은 우리의 목자 되셔서

안전하고 의로운 길로 인도하십니다

그러나 우리는

세속에 빠지고

쾌락을 좇아가고

합리주의에 몰두하고

신뢰를 조작하고

남의 눈의 티를 떠벌리고

자기 눈의 들보는 미화하고

길 벗어난 교만의 늪에서 헤맬 때

주께서 지팡이와 막대기를 드시고

더욱 가까이 다가와

가야 할 바른 방향을

진리의 말씀으로

친절히 가르쳐 주셨습니다

비로소 우리 안에 묻혀 있던

주님이 주신 영원한 생명의 씨앗이

복받쳐 오르는 회개의 눈물과

용서받은 새로운 기쁨의 환호 속에

싹이 터서

마침내 우리는

새 생명으로 다시 태어나

주님과 영원히 함께 살 것입니다.

달리다굼

나는 죽은 것과 다르지 않습니다

눈을 뜨고도 안개 낀 시야엔

길 보이지 않고

복음의 씨앗 한 알

가슴 한가운데 품었지만

양지바른 햇살에도

싹을 틔우지 못합니다

팔과 다리 손발

끝닿지 않은 공간과 시간을

바쁘게 훑기도 했습니다만

지금은 스스로 굳어

몸을 일으킬 수 없는 이미 죽은

회당장 야이로의 딸과 같습니다

막막한 죽음, 안타까운 죽음, 고요한 죽음

마침내 예수님의 손

그분의 목소리 "달리다굼"

나는 마침내 일어납니다

잠 깨듯 가벼운 몸으로 일어납니다

12세 소녀처럼 일어납니다

빛이 내 몸을 안았습니다

손과 발이 세상의 길을 새로 찾아

힘이 솟았습니다

신선한 풀 향기가 가득했습니다

물소리인 듯 새소리인 듯

한 다발의

맑은 소리가 날아왔습니다

나는 세상에 갓 태어난 것 같았습니다

헌사

마음에 꽃잎 날아 화려한 봄날이라

홍석진 (부산 온천제일교회 담임목사)

덕분에 모처럼 시집을 펼쳤습니다.

당연히 시를 읽는 줄 알았습니다, 처음에는.

하지만 한 장 한 장 넘길 때마다 그곳들에서 순결하고 거룩한 마음이 흘린 눈물 자국 위로 톡톡톡 튀어 오르는 영롱한 빛을 보았습니다. 온통 마음에 꽃잎이 날아 내려 찾아오는 화려한 봄날을 보았습니다. 흔들림의 자유를 누리면서도 품어 주시는 은혜로 넓디넓은 가을 하늘을 보았습니다.

아, 빈 가지만으로도 평화를 찾은 나목裸木 한 그루를 만났습니다.

그뿐인가요? 오직 가난한 심령만이 들을 수 있는 고귀하고 아름다운 영혼의 노래를 들었습니다.

새 손님을 맞는 듯 설레는 기쁨으로 맞이하는 새 아침부터 영원의 밤까지 감사의 찬양이 울려 퍼지는 소리를 들었습니다.

신께서 친구가 되어 주셔서 나무도 친구가 되고, 겨울도 친구가 되고, 그렇게 친구처럼 들려주는 성녀聖女와 소양蘇羊과 성산聖山의 이야기를 들었습니다.

개나리꽃과 벚꽃과 배꽃과 억새꽃과 포도나무가 80년의 세월을 피고 또 질 때 시인은 열두 살 소녀처럼 다시 일어나

빛 가운데로 들어가 빛이 되어서 매일매일 기도의 불씨를 지핀다 하였습니다.

이제는 평생을 수평선 바라보던 마을을 떠나 낯선 곳 그윽한 데서 살아 자주 볼 수 없어 아쉬운 시인은 자기를 닮은 시편들을 남겨두고 내게는 그리운 바다가 되었습니다.

우리는 어느 별에서 만났던 걸까요? 그리고 저 하늘 어디쯤에서 재회하겠습니까? 그곳, 평화와 자유의 물결 따라 아름다운 강물이 흐르는 그곳, 시인이 사랑해 마지않는 그곳에서 우리는 미처 부르지 못한 노래와 다하지 못한 대화를 도란도란 나누는 호사를, 오, 신이시여, 누릴 수 있도록 허락하소서.

인생은 너나없이 거대한 서사敍事요 위대한 담론談論입니다. 여기, 한평생 겸손하게 살고자 했던 한 인생이 남긴 서사시에 소박하나마 한 줄기 헌사獻辭를 남깁니다.

감사합니다.

2024년 4월의 어느 날

영원의 회랑에 울려 퍼질 영혼의 교향곡

황태웅 (아들)

언제나 집안의 조용한 한 모퉁이에서, 세 아이의 왁자지껄한 소음이 한밤의 쌕쌕거리는 리듬으로 잦아드는 순간에 한 시인이 살아계셨습니다. 무한한 창조력으로 그녀의 펜은 인생의 페이지를 넘나들며 사랑, 연민, 그리고 인간 정신의 아름다움에 관한 이야기를 뜨개질했습니다. 그녀는 집안의 고동치는 맥박이었고, 이 시집의 모든 단어 하나하나에 살아 숨쉬는 영감입니다.

그분은 바로 나의 어머니입니다.

시인으로서 그녀의 여정은 당신이 어머니가 된 후의 뒤늦은 일이었습니다. 많은 이가 그녀의 높은 꿈을 손사래 치며 만류했을 때, 그녀는 굳은 열정으로 현실에의 안주를 거부하고 자신의 부름을 받아들였습니다. 자정의 수유와 잠자리 아이들에게 들려주는 이야기 사이에 쓴 구절마다, 그녀는 꿈에 생명을 불어넣었고, 자식들과 함께 그 꿈을 키워 나갔으며, 한번도 두 가지에 대한 헌신에서 흔들리지 않았습니다.

〈시문학〉을 통해 그녀가 등단하던 때를 기억합니다. 그 순간부터 어머니의 길은 자기 내면의 빛에 의해 밝혀졌고, 그 빛은 인생의 높고 낮은 고비에서 시적 진실을 추구하는 삶으로 그를 인도했습니다. 그녀에게 각각의 완성된 시는 사랑의 노동과 같았습니다. 어머니에게 시는 단지 쓰이는 것이 아니었습니다. 그것은 태어나는 것이었습니다. 마치 출산의 기적처럼 그녀는 창조물에 생명을 불어넣었고, 그것을 자신의 영혼과 경험의 깊이로 가득 채웠습니다. 힘든 가정환경에서 비롯된 도전에도 불구하고 그녀는 자신의 시에서 위안을 찾았고, 혼돈 속에서 아름다움을, 고난 속에서 힘을 발견했습니다.

이제 모든 것을 쏟아부으신 어머니의 마지막 역작의 문턱에 서서 나는 위대한 시인 다윗왕의 시구詩句를 떠올립니다. 그는 '죽음의 골짜기를 걸을 때에도 해를 두려워하지 않는다'고 말합니다. 이 말에서 나는 위안을 찾습니다. 왜냐하면 이것은 어머니의 여정이 끝나는 것이 아니라 어머니가 앞서간 위대한 시인들의 대열에 합류할 준비를 하는 새로운 시작임을 알기 때문입니다. 그러므로 기쁨과 슬픔이 뒤섞인 채, 나는 사랑하는 어머니께 진심으로 축하의 말씀을 전합니다. 어머니의 마지막 책은 단지 시의 모음집이 아니라 영원의 회랑에 울려 퍼질 영혼의 교향곡, 백조의 노래입니다.

우리 다시 만나는 그날까지, 시인들과 꿈꾸는 이들이 머무는 천상의 그곳에서도, 어머니가 우리 가운데 한없이 사랑받고 있음을 알아주시길….

그리고 어머니의 유산이 어머니의 말에 감동받은 모든 이들의 마음속에 살아 숨쉴 것임을 기억해주시길 바랍니다.

어머니의 소원, 신·앙·시·집·

황승아 (큰딸)

몇 해 전 어머니는 신앙 시집을 내고 싶다며 그동안 적어
놓은 시들을 저에게 내미셨습니다. 지난 인생을 되돌아보며
절망과 의혹, 스스로 만든 동굴 속을 헤매다가 그 칠흑 같은
어둠을 벗어난 신앙인으로서의 생생한 경험을 맑은 시어로
표현하고 싶어 하셨습니다. 이것을 방황하는 젊은이들에게,
해결할 수 없는 고민에 허덕이는 영혼들에게 전해 주어 빛 되
신 예수님께로 이끄는 작은 이정표가 되고 싶어 하셨습니다.

하지만 신앙의 경험을 시로 표현해내는 과정이 순탄하지
는 않았습니다. 그것은 매일의 절망과 다시 일어섬의 반복이
었던 것 같습니다.

"이제는 나이가 들어서인지 밤을 새워 고민하고 또 고민해
도 새로운 시어가 떠오르지 않는구나."

세상에 없던 단 한 권의 신앙 시집을 내고 싶은 노시인은
하나의 번뜩이는 시어를 찾아 기도와 말씀, 그리고 신앙 서
적을 읽고 또 읽어 내려가셨습니다. 신선한 시어 하나를 잡
아 올리려 갖은 애를 다 쓰며 점점 야위어가는 어머니의 모습
을 저는 안타깝게 지켜볼 수밖에 없었습니다.

이번 시집을 준비하면서 어머니는 어려서부터 참 좋아했던
그림 그리기를 시작하셨습니다. 시집에 함께 실을 그림들을

직접 그리고 싶었던 것입니다. 조그마한 크로키북, 광고지 뒷면, 그리고 색연필과 크레파스 등이 어머니의 그림 도구였습니다. 그리고 풍경과 사진, 그림들을 보며 그것을 당신의 생각과 느낌으로 표현해 내셨습니다. 무엇보다 시시각각 다양하게 펼쳐지는 하늘 풍경 그리기를 참 좋아하셨습니다.

이렇게 그림들이 쌓여 갔고, 이런 모든 노력은 오직 신앙 시집을 더 풍성하게 만들기 위한 하나의 목적을 향하고 있었습니다. 시집의 준비가 막바지에 이를 무렵, 결국 어머니는 하나의 결론에 이르렀습니다.

"최고의 신앙시는 주기도문이다."

평생 수없이 반복해서 외우고 되뇌었던 그 주기도문 한 구절 한 구절이 살아서 어머니에게 들어왔고, 그것을 당신의 시어로 표현하고자 무던히도 노력하셨습니다. 하지만 결국 더할 것도 뺄 것도 없는 '주님이 가르쳐 주신 기도', 그것 그대로 충분하다고 생각하셨습니다. 그리고 그 주기도문을 오늘도 어머니는 한 글자 한 글자 읽고 또 음미하며 하나님이 바로 옆에서 품어 주심을 느낀다고 합니다.

이제 와 돌아보니 신앙 시집 한 권이 완성되기까지의 긴 여정 그 자체야말로 어머니가 하나님께 드리는 최고의 신앙시가 아닐까 하는 생각이 듭니다. 그토록 바라시는 '세상에 없던 단 한 권의 신앙 시집'은 이렇게 어머니의 삶이라는 시와 함께 우리에게 전해지게 되었습니다. 그리고 이 모든 것을 하나님께서 기쁘게 받으시리라 생각합니다.

사랑하는 울 엄마, 나의 어머니!

황시내 (작은딸)

두 달 전, 설날 연휴 동안 강원도 속초에 가서 맛집을 찾아 다니며 맛있는 음식도 먹고 오손도손 얘기도 하고 산책도 하며 즐거웠는데, 요즈음 식사를 잘 못하시면서 살이 빠지고 병약해지신 모습을 뵈니 마음이 너무 아픕니다.

신앙 시집 출간을 앞두고 계신 어머니를 생각하며 몇 자 적으려니 유행가 가사처럼 왠지 가슴이 찡하고, 눈물이 핑 도네요.

살아오신 87년 세월 동안 가장 어려웠던 시기인 한국의 근대사, 곧 일제강점기와 6·25전쟁의 비극을 어릴 적부터 온몸으로 겪어 내시며, 인고의 세월을 버티고 견디어 내신 어머니의 인생을 존경합니다.

소녀같이 순수하고 착한 심성을 지니신 어머니는 평생을 시에 대한 진심과 열정을 품고 매일매일을 성실하고 충만하게 사셨지요. 문학을 따로 공부하거나 전공하지 않았지만, 늘 다양한 책을 가까이하시면서 스스로 공부하시고, 그 시에 어울리는 단 하나의 시어를 찾기 위해 하루 종일 씨름하며 고군분투하시던 모습도 눈에 선합니다.

어머니는 그렇듯 사랑하는 시 쓰기의 최종 목표가 하나님 앞에 신앙시를 써서 올려 드리는 것이라고 늘 말씀하셨죠.

제가 친정집을 방문할 때마다 입버릇처럼 일러 주셨어요. 마더 테레사처럼, 이삭처럼, 예수님처럼 순종하여 자기를 가장 낮은 자리로 낮추며 섬기는 것이 하나님 앞에서 가장 고귀하고 복되며 하나님께서 제일 기뻐하시는 일이라고요. 매일 성경 말씀을 읽고 기도하는 가운데 깨달은 바를 실천하여 살고자 애쓰시는 어머니를 뵈면서도, 그렇게 살지 못하고 있는 저 자신이 부끄럽고 마음에 찔리던 기억이 납니다.

이제 인생의 황혼기를 맞이하시고 삶을 반추하며 돌아보는 이 시기에 어머니께서 신앙 시집을 펴내게 되었다니 너무나 감격적입니다!

먼저, 하나님께 감사 드리고 이런 위대한 신앙의 유산을 남겨 주시려고 연로하고 연약하신 육체에도 불구하고, 불철주야 분골쇄신하신 어머니께 아낌없는 위로와 축하의 박수를 보내 드립니다.

하나님께서 기뻐하시고 사랑하시는 어머니를 언제 부르실지 우리는 알 수 없으나, 그때까지 이 땅에서 영육이 강건하고 아픔 없이 행복하게 사시길 막내딸이 매일 기도합니다.

어머니, 사랑합니다! 그리고 나의 어머니가 되어 주셔서 참 자랑스럽고 고맙습니다!

시어머님의 신앙시를 읽고

하유나 (며느리)

어머님이 이번에 펴내시는 신앙 시집을 읽으면서 시마다 어머님의 믿음과 감정이 고스란히 담겨 있음을 느꼈습니다. 그리고 그 시들을 읽는 동안 어머님의 삶에 대한 이해와 하나님에 대한 사랑의 깊이도 느낄 수 있었습니다.

30편의 시 한 편 한 편마다 어머님의 숨결이 느껴지는 듯했습니다. 가슴 깊은 고뇌가 느껴지는 시도 있고, 해맑은 영혼의 소녀가 그려지는 시도 있고, 사계절의 경이로움이 느껴지는 시도 있었습니다.

30편의 시 중에서 특히 〈오랫동안 나는〉과 〈내 온갖 판단의 짐조차〉가 특히 저의 마음에 와 닿았습니다. 80 평생 어머님이 느끼고 겪었을 고난과 시련, 갈등 들을 한 편의 시로 고스란히 녹여 내신 어머님의 시심에 감탄하고 감동하고 공감하며 눈시울이 붉어지기도 했습니다

어머님의 시집을 통해, 어머님이 겪으셨을 고통과 시련을 통해 하나님의 은혜와 힘을 발견하는 여정을 살펴볼 수 있었습니다. 그리고 그 여정 속에서 자아의 깨짐을 통해 더 깊은 신앙을 찾아가는 모습도 엿볼 수 있었습니다.

또한 자연의 아름다움을 느끼며 하나님의 존재를 상기시키는 것도 느꼈습니다. 시 속에 등장하는 자연의 모습들은

하나님의 창조물임을 상기시키고, 그의 창조에 대한 경외심을 불러일으켰습니다. 이러한 경험을 통해 저 또한 자연을 무척 좋아하는 것과 마찬가지로 어머님도 자연을 지극히 사랑하시는 것을 알게 되었습니다. 이러한 감상을 통해 어머님의 시집이 담고 있는 그 깊은 의미와 감정을 더욱 잘 이해할 수 있었습니다.

이 신앙 시집에는 '감사'라는 단어가 많이 나오는데, 각 시마다 어머님은 작은 것 하나에도 감사하는 마음을 표현하셨습니다. 그 작은 것들이 얼마나 소중하고 의미 있는 것인지를 간접적으로 강조하며, 삶의 모든 순간에 감사함을 느끼는 태도를 보여주셨습니다. 저는 부모가 자식에게 물려줄 수 있는 최대의 가치는 '하나님을 믿음—신앙'이라고 생각하는데, 시 속에서 어머님의 하나님에 대한 사랑이 그대로 보여져서, 이것이 최고로 가치 있는 유산이 아닌가 생각됩니다.

어머님의 시집을 통해 소중한 가르침과 감정들을 새삼 마음 깊이 받아들이면서, 어머님의 사랑과 은혜에 감사함을 다시 한 번 표현하고 싶습니다.

소녀 같고 고우신 어머님, 항상 사랑합니다.

시인 장모님의 신앙 시집 출간에 부쳐

이성근 (큰사위)

시詩란
흙[土] 속의 생명 마디[寸]가
살포시 움터 나온 말씀[言]이고
함축된 시심詩心이 공명共鳴한 독심讀心으로
메아리친 시공간 울음이자 울림입니다.

장모님은 평생 시를 쓰신 시인입니다.
시가 시인의 아름다운 울음이라면
독자에게는 생명의 울림[詩響]입니다.
기쁠 때나, 슬플 때나, 그리울 때나, 외로울 때나
언제나 마음의 균형을 잃을 때
시인의 마음은 울음이 되고
독자의 마음에는 울림이 되었습니다.

장모님은 평생 시를 지으신 시인입니다.
시를 술술 나오는 펜으로 쓰신 것이 아니라
밥 짓듯 몽당연필로 꾹꾹 눌러 지으셨습니다.
이 신앙시도 평생을 꾹꾹 눌러 지은
생애 말미의 가장 구성진 노래

백조의 노래swan song입니다.

짧은 시간 장모님과 생활하면서
'장모님 사랑은 사위'라는 말을 실감합니다.
그 살가운 사랑의 마음을
이 짧은 감사의 글로 대신합니다.

그가 나를 단련하신 후 정금같이 나오리라!

박충기 (작은사위)

추사 김정희가 제주도 유배 중에 아들 상우에게 보낸 편지에 '문자향 서권기文字香 書卷氣'라는 말이 있습니다. 문자의 향기와 서책의 기운, 즉 책을 많이 읽고 교양을 쌓으면 그림과 글씨에서 책의 기운이 풍기고 문자의 향기가 난다는 뜻입니다.

사위로 장모님이신 조남순 시인을 제가 처음 만나면서 가졌던 사람 향기를 표현하자면 은은한 단아함과 세련되고 기품 있는 문인의 향기를 소유하신 분이었습니다.

실제로 이후 오랜 기간 글과 함께하시면서 시를 써 오신 문인이라는 것을 알게 되었습니다. 늘 좋은 시를, 그중에서도 하나님의 영광을 드러내는 신앙시를 쓰기 위하여 노심초사하시는 장모님의 모습을 곁에서 종종 지켜보아 왔습니다.

어린 시절에 몸으로 겪었던 6·25전쟁의 비참함을 시작으로 이제껏 인생이 주는 수많은 역경과 상처를 이겨 내기 위한 하나님의 말씀과 묵상, 그리고 끊임없는 내면의 기도와 성찰을 통한 깨달음과 하나님으로부터의 은혜가 결국 하나하나 살아 있는 간증이 되어 단단한 풀무질 속에서 탄생한 정금과도 같이 오늘의 신앙 시집으로 나오게 되었습니다.

같은 믿음의 길을 걸어가는 신앙인으로서, 또한 사위로서 장모님의 이런 행보가 귀감이 되고 너무 자랑스럽고 기쁘게 생각합니다.

끝으로 소망하기는 많은 분들이 하나님의 사랑하는 딸, 조남순 시인의 신앙 시집을 통하여 위로와 은혜를 받기를 간구합니다.

자연과 책과 하나님을 사랑한 순결한 영혼

이중주 (손자)

할머니께서 입버릇처럼 하시는 말씀이 있습니다.

"낮아져야 한다. 더 낮아져야 한다. 즈려밟힐 정도로 낮아져야 한다."

희생과 헌신의 가치가 구식으로 여겨지는 이 시대의 정신과는 맞지 않는 할머니의 말씀에 제 마음은 길가 밭처럼 반응하곤 했습니다. 그러나 태초부터 변치 않는 선이신 주님, 그리고 처음부터 끝까지 진리이신 그분의 영감으로 쓰인 성경을 통해 할머니의 말씀이 옳음을 세월이 갈수록 알게 됩니다. 어릴 적부터 지금까지 늘 한결같이 가족을, 남을 먼저 생각하시는 할머니의 삶이 도전이 됩니다.

우리 할머니는 겉으로 뵙기에는 고독해 보이시는 분입니다. 늘 방 안에 계시며 좀처럼 외출도, 여러 사람을 만나는 것도 좋아하지 않으십니다. 틀에 박힌 삶이 지루하진 않으실까 걱정스럽기도 했었는데, 할머니는 말씀하십니다.

"할 게 너무 많아 바쁘다."

시집을 읽고 묵상하며 깨닫습니다. 할머니는 방 안에서 자연과 책과 하나님을 벗하여 예술의 꽃을 피워 내시느라 늘 여념이 없으신 겁니다. 창조주 하나님의 섬세한 손길을 할머니만의 아름다운 시어로 표현하시느라 바쁘셨던 겁니다. 나무 잎새와 바람과 햇살을 친구 삼아 소리 없는 대화를 나누시는 할머니의 소녀 같은 모습에 제 마음도 따스해집니다.

할머니는 책을 참 좋아하십니다. 할머니 방에 들어가면 성경, 신앙 서적, 신문 스크랩 들로 책상은 빈틈이 없습니다. 할머니가 좋아하시는 글들은 대부분 하나님을 향합니다. 책 속에서 주님을 알아가는 기쁨이 커서 봐도 봐도 볼 책이 많다 하십니다. 주님을 향한 사랑을 차곡차곡 쌓아 그 사랑의 시를 주님 발에 깨뜨릴 향유 옥합을 준비하듯 온 정성을 다해 준비하셨습니다. 드디어 그 사랑의 고백들, 주님과의 교제해 온 시간들을 엮어서 발간하시게 되어 아주 기쁩니다.

우리 할머니는 나라와 민족을 사랑하십니다. 6·25전쟁을 비롯해 수많은 역경의 우리나라 현대사 전체를 걸쳐 살아오신 할머니는 매일 아침 주님 앞에 간절히 나라와 민족을 위해 간구하십니다. 가정과 나라, 할머니가 이 땅에서 가장 소중히 여기시는 1번 기도 제목들입니다.

우리 할머니는 요즈음 좀 힘들어 하십니다. 그렇게 쓰고 싶어 하시던 한 편의 시도 쓰실 힘이 없으신 상태에 가슴이 아픕니다. 이 땅에서의 삶 동안 주님께서 영과 육에 자유와 평안을 주시기를 간구합니다.

사랑하는 우리 할머니를 소개하고 싶었습니다. 주님이 지으신 자연, 세미한 음성으로 들려주신 가르침들, 그리고 시인의 주님을 향한 일평생의 사랑. 이 시집은, 시인의 삶은, 처음부터 끝까지 하나님뿐이십니다.

이 시집으로 할머니의 삶을 마주합니다

이희주 (손녀)

"머리 숙이면…."

할머니는 언제나 남보다 자신을 낮추었던 분이십니다. 그리고 그 언젠가는 어린 제가 보기에 당신께서 억울하고, 이해가 가지 않았을 것 같았던 순간도 있었죠. 그럼에도 불구하고 할머니는 머리를 숙이시며 예수님의 사랑을 말씀해 주시곤 했습니다.

"감사가…."

할머니의 시간은 항상 감사로 마무리됩니다. 무릎이 아파 갑자기 걷지 못했던 어느 날, 사소한 불씨가 타올라 서로의 마음에 화상을 입힌 그 어느 날도 할머니는 어김없이 하나님께 기도하며 감사로 하루를 마무리하셨죠.

"머리 숙이면 감사가…."

남에게 짓밟히고 무시를 당해도 감사하는 삶을 사셨던 할머니는 제게 이렇게 말씀하셨습니다. 하나님께서 자신을 사랑하시기에 그럴 수 있다고 말이죠.

할머니, 여전히 저는 머리를 숙이며 감사하기 어렵습니다. 그렇지만 지금 한 가지는 확신합니다. 할머니의 삶이 그랬듯 머리 숙이며 감사하는 삶은 하나님께서 가장 기뻐하시는 삶이라는 것을요.

하나님을 그 무엇보다 사랑하셨던 할머니, 그 신앙의 유산을 물려주심에 감사드립니다. 끝으로 하나님, 조남순 시인의 손녀로 태어나게 해주심에 감사드립니다.

가을 품에 안김

조남순 신앙 시집

—

2024년 4월 25일 1판 1쇄 발행

지은이 | 조남순
펴낸이 | 홍영철
펴낸곳 | 홍영사
주소 | 03150 서울시 종로구 우정국로 45-11, 4층 (수송동, 동산빌딩)
전화 | (02) 736-1218
이메일 | hongyocu@hanmail.net
등록번호 | 제300-2004-135호

ⓒ 조남순, 2024
ISBN 978-89-92700-30-6 (03810)
값 13,000원